PADDINGTON

REMPORTE
LA MÉDAILLE D'OR

Première publication en langue originale par HarperCollins Publishers Ltd.
sous le titre Paddington Goes for Gold

Texte © Michael Bond, 2012
Illustrations © R.W. Alley, 2012
Tous droits réservés.
L'auteur et l'illustrateur revendiquent leurs droits moraux à être identifiés
comme les auteurs et illustrateurs de cette œuvre.

© Michel Lafon, 2024, pour la présente édition
118, avenue Achille Peretti
CS 70024 – 92521-Neuilly-sur-Seine Cedex
www.lire-en-serie.com

Dépôt légal : mai 2024
ISBN : 978-2-7499-5830-9
LAF 3501

Imprimé en Malaisie.

MICHAEL BOND
ILLUSTRÉ PAR R.W. ALLEY

PADDINGTON

REMPORTE
LA MÉDAILLE D'OR

Traduction et adaptation de l'anglais (Grande-Bretagne)
par Jean-Noël Chatain

Un matin, Paddington traînait dans le vestibule
de la maison des Brown, au 32 Windsor Gardens,
au cas où arriverait une carte postale de sa tante Lucy
au Pérou.

Quelle ne fut pas sa surprise quand un dépliant
jaillit de la boîte aux lettres et atterrit sur son museau !

D'habitude, Paddington ne prêtait pas attention
aux publicités, et il allait jeter celle-ci à la poubelle,
quand les mots ENTRÉE GRATUITE et RÉCOMPENSES
attirèrent son attention. Tout cela lui paraissait
très intéressant et il décida d'en parler
à M. Brown quand celui-ci rentrerait
ce soir-là du travail.

— C'est une annonce du club sportif du quartier, expliqua
M. Brown au dîner. Il organise demain un événement
pour récolter de l'argent. Il y aura des tas d'activités
pour tout le monde, et une multitude de prix à gagner !

— Il y a même un concours de tricot, annonça Paddington
à Mme Bird.

La gouvernante des Brown réagit vaguement
en marmonnant.

— Allons-y, papa ! s'écrièrent en chœur Jonathan et Judy.
On va bien s'amuser !

— Euh… hésita M. Brown, je pensais participer
à un tournoi de golf.

— Je vais repasser ton short, Henry, dit Mme Brown.
Un peu d'exercice te fera le plus grand bien !

— J'espère qu'il me va toujours, répliqua M. Brown
en ronchonnant.

Le lendemain, toute la famille Brown partit gaiement
en direction du terrain de sports, mais ils déchantèrent bien vite,
car la première personne qu'ils rencontrèrent
était M. Curry. Leur voisin était un véritable rabat-joie !

De plus, il filait tout droit vers Paddington.

— Cela devait forcément arriver, murmura M. Brown.
Tous les habitants du quartier ont dû recevoir ce dépliant.

— Tiens-moi ça un instant, l'ours ! s'écria M. Curry
en flanquant un objet rond entre les pattes de Paddington.

M. Curry éclata de rire en voyant Paddington vaciller à reculons.

— Pour une fois, je t'ai bien eu, l'ours ! gloussa-t-il. C'est une boule de plomb qu'on utilise pour le lancer du poids. Tu es censé la projeter le plus loin possible.

Mme Bird agrippa aussitôt son sac, tandis que Paddington lâchait la boule…

Et M. Curry poussa un cri de douleur.

— Qu'est-ce qui t'a pris, l'ours ? hurla-t-il en sautillant sur un pied.

— Vous disiez que j'étais censé la lancer, répliqua Paddington. J'ai bien peur qu'elle ne soit pas allée très loin.

— Assez loin pour dégringoler sur mon pied ! Tu ne perds rien pour attendre ! s'exclama M. Curry.

— Pas de médaille, cette fois-ci, je le crains !
s'exclama un animateur en les rejoignant. Personne pour
la course à trois jambes ? Dépêchez-vous ! Elle va commencer !

Jonathan et Judy se précipitèrent sur la piste, suivis de près par Paddington, trop heureux d'échapper à la colère de M. Curry.

— Mais vous avez quatre jambes à vous deux, observa Paddington. Deux et deux font quatre.

— Ne t'inquiète pas, dit Judy en ôtant son foulard. Si on en attache deux, cela fait trois en tout.

— Laisse-moi faire, répliqua Paddington. Les ours sont doués pour les nœuds.

— À vos marques… s'écria l'arbitre. Prêts… Partez !

Jonathan partit comme une fusée, mais Judy resta bloquée sur place.

— Oh ! là, là !… dit Paddington. Je crois que je me suis trompé en attachant les jambes.

— Toujours pas de médaille, dit l'animateur. Je vous inscris pour le 100 mètres haies ? ajouta-t-il en se tournant vers M. Brown.

— En fait, je préférerais la course de lenteur à vélo. J'étais doué pour cette épreuve quand j'étais jeune.

— Et moi je participe au concours de tricot, déclara Mme Bird. J'ai apporté mes propres aiguilles.

— Bien, bien ! s'enthousiasma l'animateur. Et vous, chère madame ? ajouta-t-il à l'adresse de Mme Brown.

— Je tiens à garder un œil sur mon mari, répondit-elle fermement.

Quand la course débuta, Paddington eut du mal à voir ce qui se passait en se joignant à la foule. Mais il entendit Mme Brown déclarer qu'elle craignait de voir tomber M. Brown de son vélo.

— Il roule tellement lentement, approuva Judy.

— Laissez-moi faire ! s'écria Paddington.

Et il courut vers la piste le plus vite possible.

— Ne vous inquiétez pas, monsieur Brown ! J'arrive !

Paddington empoigna alors la selle avec les pattes et poussa
de toutes ses forces, si bien que M. Brown dépassa
tous les concurrents en un éclair !

— Pourquoi as-tu fait ça ? s'écria M. Brown.
Le dernier à franchir la ligne d'arrivée est le gagnant,
dans une course cycliste de lenteur.

— Désolé, monsieur Brown, je n'avais pas compris.
Nous n'avons pas ce genre de courses au fin fond du Pérou.

— Pas de souci, papa ! s'exclama Jonathan sur un stand voisin.
Regarde le tricot de Mme Bird. Elle est bien partie pour gagner !

— Ses aiguilles s'affolent ! approuva Judy. On dirait un moulin à vent !
J'espère qu'elle ne va pas se faire mal.

— Un sandwich à la marmelade lui ferait du bien, dit Paddington.
J'en ai apporté tout spécialement. Ne vous arrêtez pas, madame Bird !
J'arrive !

Comme la gouvernante des Brown avait les mains occupées,
il lui glissa un sandwich dans la bouche.
Mme Bird manqua s'étrangler,
mais elle ne ralentit pas
son tricotage.

— Houlà ! fit Judy. Si la marmelade dégouline sur ses aiguilles, Mme Bird ne va pas être contente.

— Nourrir les concurrents est sans doute interdit par le règlement, observa Mme Brown.

Jonathan laissa échapper un gémissement.

— Qu'est-ce que Paddington mijote à présent ?

— Si vous êtes à court de laine, j'en ai trouvé, madame Bird ! s'exclama Paddington.

— Grrr ! Grrr ! bredouilla Mme Bird en secouant vivement la tête. Grrr ! Grrr !

Paddington se mit au travail.
Comme il tournait le dos
à Mme Bird, il ne remarqua pas
qu'en enroulant la pelote de laine
il détricotait l'ouvrage…
— Grrrrr ! balbutia Mme Bird.
Grrrrr ! Grrrrr !

— Comment a-t-il bien pu
se débrouiller ?
demanda M. Brown.
— Inutile de poser la question,
Henry, répondit Mme Brown.
— Voilà notre dernier espoir
de remporter un prix
qui s'envole en fumée !
gémit Judy.

— Pas question d'abandonner maintenant !
décréta Jonathan. La course de relais va
bientôt démarrer. Qui m'accompagne ?

Paddington leva la patte. Judy leva la main
et, au bout d'un petit moment,
M. Brown se joignit à eux.

— Autant risquer le tout pour le tout !
lança-t-il.

Judy commença…

avant de passer le témoin à Jonathan…

qui le tendit à son tour à Paddington…

— Quoi que tu fasses, dit-il, tout essoufflé, ne le lâche pas !

M. Brown se tenait prêt à prendre le relais, lorsqu'une silhouette familière surgit au détour de la piste.

— Où est-il ? s'écria-t-il quand Paddington s'approcha de lui. Le témoin… où est-il ?

— Je ne sais pas, monsieur Brown, répondit Paddington
à bout de souffle. Je l'avais en partant.

— Comment cela… tu l'avais en partant ?

Paddington tâcha de trouver une explication satisfaisante.

— Jonathan m'a dit de ne pas le lâcher… alors je l'ai mis
quelque part en lieu sûr.

— Je n'en reviens pas… gémit M. Brown.

Tandis que la course s'achevait, les spectateurs acclamèrent
les coureurs et levèrent leurs chapeaux, si bien que
Paddington les imita.

— Le voilà ! s'écria Mme Brown en montrant la tête de l'ours.
Le témoin était caché sous son chapeau !

— Je m'en souviens, à présent, dit Paddington.

— Ne lui en veux pas, Henry, reprit Mme Brown. Ce n'est pas
comme s'il l'avait lâché.

— Lui en vouloir ? répliqua M. Brown. Heureusement
qu'il ne me l'a *pas* donné. Ce bâton dégouline de marmelade.
Beurk !
Je pense qu'il est temps
de rentrer à la maison.

Tandis que les Brown s'en allaient, un homme
au portail tendit à Paddington une enveloppe.

— C'est un petit cadeau
pour te remercier, dit-il.
Tu es notre tout premier ours
à participer à nos jeux
et tu nous as porté chance.
Grâce à toi, beaucoup de spectateurs
sont venus au stade.
L'enveloppe contenait une médaille
dorée, avec un ruban
pour que Paddington puisse la porter
autour du cou. Il y avait une inscription dessus,
mais il était trop agité pour la lire.

— Je crois que je vais la montrer à M. Curry, annonça-t-il.
Ça le consolera peut-être de son pied endolori.

— M. Curry ne le mérite pas… commença Mme Bird.

Mais Paddington avait déjà filé. Quand ils le rattrapèrent,
ils entendirent uniquement quelqu'un crier : « L'ours ! »
suivi par un grand *boum* !

— Qu'est-ce qui s'est passé ? demanda Judy
lorsque Paddington réapparut.

— Lorsque j'ai montré ma médaille à M. Curry, expliqua-t-il,
il s'est mis à sautiller sur une jambe, mais ce n'était pas la bonne.
Et quand je le lui ai fait remarquer, il m'a claqué la porte au museau !

— Dommage que tu ne lui aies pas lu ce qui est inscrit sur la médaille,
dit M. Brown. « Rien ne sert de gagner. L'important est de participer. »

— Je préfère qu'un autre lui lise, observa Paddington poliment.
Je ne pense pas que M. Curry apprécie mes remarques.

— À toi l'honneur, Henry… gloussa Mme Brown.
Et tout le monde éclata de rire.